COMMENT APPRIVOISER UN FANTÔME

REBECCA GREEN
TEXTE FRANÇAIS D'ISABELL

Éditions
SCHOLASTIC

SI TU AS PEUR DES FANTÔMES, L'IDÉE DE TE LIER D'AMITIÉ AVEC EUX PEUT SEMBLER TERRIFIANTE.

MAIS JE T'ASSURE QUE LES FANTÔMES SONT DES ÊTRES TRÈS GENTILS, QUI ONT BESOIN D'AMIS, EUX AUSSI. ET QUI DE MIEUX QUE TOI POURRAIT LEUR OFFRIR CETTE AMITIÉ?

CE GUIDE TE MONTRERA COMMENT CRÉER UNE RELATION D'AMITIÉ QUI DURERA TOUTE LA VIE (ET PLUS ENCORE).

INTRODUCTION

LES FANTÔMES SONT DIFFICILES À TROUVER. IL EST DONC PRÉFÉRABLE DE NE PAS ESSAYER D'EN CHERCHER.

LA PLUPART DU TEMPS, QUAND UNE PERSONNE CROIT AVOIR TROUVÉ UN FANTÔME, ELLE SE TROMPE (VOIR FIG. 1, FIG. 2 ET FIG. 3).

FIG. 1 : ENFANT DÉGUISÉ

FIG. 2 : OBJECTIF POUSSIÉREUX

FIG. 3 : SERVIETTE ACCROCHÉE

LE DOCTEUR FANTOMAS SPECTRAL, POÈTE ET EXPERT EN FANTÔMES, A ÉCRIT :

« UN FANTÔME EST PRESQUE IMPOSSIBLE À TROUVER. VOUS RISQUEZ DE CHERCHER JUSQU'À LA SEMAINE DES QUATRE JEUDIS. TOUTEFOIS, SI VOUS ÊTES GENTIL ET AFFECTUEUX, UN FANTÔME SE PRÉSENTERA PEUT-ÊTRE À VOUS. »

SI TU PENSES AVOIR ÉTÉ REPÉRÉ PAR UN FANTÔME, UTILISE CE GUIDE* POUR VÉRIFIER QUE CETTE CRÉATURE EST VRAIMENT CE QUE TU CROIS.

* DES ARCHIVES DU DÉPARTEMENT DE CLASSIFICATION PARANORMALE DE LA SOCIÉTÉ DES ÉTUDES SURNATURELLES

PETITE BOUCHE, MAIS MANGE BEAUCOUP
PEUT CHANGER DE TAILLE, MAIS MESURE GÉNÉRALEMENT 60 CM
UN FANTÔME EN SANTÉ A LES JOUES ROSES
PEUT VOIR DANS LE NOIR
CORPS TRANSPARENT ET LUMINEUX
DOTÉ DE BRAS, MAIS SANS DOIGTS
BAS DU CORPS ONDULÉ POUR PLUS DE MOBILITÉ

1RE PARTIE
PREMIER
CONTACT

MÊME SI TU AS PEUR LORSQU'UN FANTÔME T'ABORDE, NE T'ENFUIS PAS! LES FANTÔMES SONT DES CRÉATURES TRÈS SENSIBLES.

SOURIS, FAIS-LUI UN SIGNE
DE LA MAIN ET PRÉSENTE-TOI.

QUAND LE FANTÔME VERRA QUE TU
ES SYMPATHIQUE, IL TE SUIVRA.

ACCUEILLE-LE DANS TA MAISON. S'IL HÉSITE, SOUFFLE DOUCEMENT DESSUS ET IL ENTRERA.

ATTENTION : NE PASSE JAMAIS LA MAIN À TRAVERS UN FANTÔME.
CELA PEUT LUI CAUSER DES MAUX DE VENTRE.

2E PARTIE
PRENDRE SOIN
D'UN FANTÔME

ALIMENTATION

INSECTES
SAUPOUDRÉS
DE CANNELLE

RÔTIES
MOISIES

TRUFFES À LA CIRE
D'OREILLES

CROTTES DE
NEZ MARINÉES

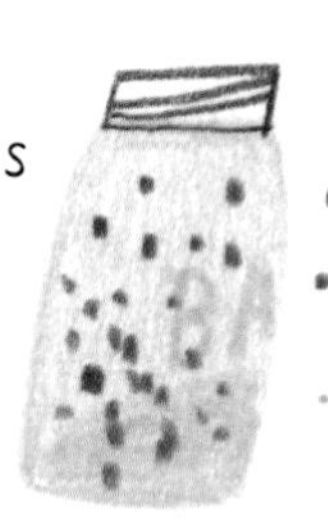

TARTELETTES
DE BOUE

LES FANTÔMES ADORENT GRIGNOTER. POUR GAGNER L'AFFECTION D'UN FANTÔME, PRÉPARE-LUI SES GÂTERIES FAVORITES.

TON FANTÔME VOUDRA PROBABLEMENT T'AIDER À CUISINER. JE TE SUGGÈRE DE PRÉPARER AVEC LUI DES SPAGHETTIS FLOTTANTS AUX BOULETTES DE BOUE.

TEMPS DE CUISSON : TOUTE LA JOURNÉE | PORTIONS : ASSEZ POUR UN FANTÔME AFFAMÉ*

1. 1 T. DE CHEVEUX DE SORCIÈRE SÉCHÉS
2. 2 T. D'EAU DE RUISSEAU
3. ¾ T. DE BOUE (N'IMPORTE LAQUELLE)
4. ¾ T. DE SAUCE AUX TOMATES
5. 2 C. À THÉ DE PARMESAN AUX ŒUFS D'ARAIGNÉE

1. FAIRE BOUILLIR LES CHEVEUX DE SORCIÈRE DURANT SIX HEURES.
2. FAÇONNER DES BOULETTES DE BOUE ET LES RÉFRIGÉRER PENDANT DEUX HEURES.
3. ÉGOUTTER LES CHEVEUX, PUIS AJOUTER LA SAUCE AUX TOMATES ET LES BOULETTES.
4. FAIRE FLOTTER ET BIEN MÉLANGER.
5. SAUPOUDRER DE PARMESAN AUX ŒUFS D'ARAIGNÉE.

* LES RESTES SE GARDENT JUSQU'À TROIS ANS AU RÉFRIGÉRATEUR.

JE TE RECOMMANDE AUSSI CES PLATS DÉLICIEUX!*

* POUR TROUVER CES RECETTES ET PLUS ENCORE, VOIR MON LIVRE : *SUPERSTITIONS ET NUTRITION : PLATS PARFAITS POUR FANTÔMES.*

EMMÈNE TON FANTÔME EN PROMENADE DANS LES BOIS.
LES FANTÔMES ADORENT RAMASSER DES FEUILLES,
DES VERS ET DES NOIX.

LIS-LUI DES HISTOIRES EFFRAYANTES.
LES FANTÔMES ADORENT QU'ON LEUR FASSE LA LECTURE.
JE TE CONSEILLE *CONTES DES VIVANTS*, DE PIERRE TOMBAL.

RACONTE-LUI DES BLAGUES! LES FANTÔMES AIMENT BIEN RIGOLER!

BOUH! JE SUIS LE FANTÔME DE MINUIT!

REPASSE PLUS TARD, IL EST MOINS LE QUART!

INVITE TON FANTÔME LE SOIR DE L'HALLOWEEN.
TOUT LE MONDE PENSERA QUE C'EST UN DÉGUISEMENT!

ORGANISE UNE SOIRÉE DE DANSE! LES FANTÔMES ADORENT LA MUSIQUE FUNÈBRE. JE TE RECOMMANDE *SIX PIEDS SOUS TERRE*, DES TÉNÉBREUX.

PROPOSE UN BAIN À TON FANTÔME! FAIS CHAUFFER L'EAU DANS UN CHAUDRON ET SOUFFLE DES BULLES.

METS TON FANTÔME AU LIT CHAQUE SOIR. ASSURE-TOI QU'IL DORMIRA BIEN ET QU'IL FERA DE MAUVAIS RÊVES. LES FANTÔMES ADORENT LES CAUCHEMARS!

PRÉPARE-LUI UN LIT CONFORTABLE.
ÉTALE DE LA MOUSSE DANS UN COIN SOMBRE DU GRENIER.
TU PEUX AUSSI CRÉER UN BALDAQUIN AVEC DES TOILES D'ARAIGNÉE.

LES FANTÔMES ADORENT LES CHANSONS. AU LIEU DE PAROLES, FREDONNE UN AIR SINISTRE PONCTUÉ DE GÉMISSEMENTS.

CERTAINES PERSONNES RISQUENT D'AVOIR PEUR DE TON FANTÔME. IL FAUT DONC LUI TROUVER DE BONNES CACHETTES.

TU PEUX LE CACHER DANS UNE BOÎTE DE MOUCHOIRS...

OU DANS TON TIROIR À CHAUSSETTES!
(C'EST AUSSI UN BON ENDROIT POUR FAIRE LA SIESTE.)

TU PEUX MÊME CACHER TON FANTÔME DANS LE RÉFRIGÉRATEUR.
LES FANTÔMES AIMENT LE FROID.

NE LAISSE PERSONNE UTILISER TON FANTÔME COMME MOUCHOIR! IL EST DIFFICILE D'ENLEVER LES CROTTES DE NEZ PAR LA SUITE.*

* POUR AVOIR DES CONSEILS SUR L'ENTRETIEN D'UN FANTÔME, VOIR MON LIVRE : *DE SOUILLÉ À SOIGNÉ, CONSEILS DE PROPRETÉ POUR FANTÔMES*

NE LAISSE PAS TON FANTÔME T'AIDER À FAIRE LA LESSIVE!

NE LAISSE PERSONNE MANGER TON FANTÔME!
CERTAINS POURRAIENT LE CONFONDRE AVEC DES ŒUFS,
DE LA CRÈME FOUETTÉE, DE LA CRÈME SURE OU DE LA GUIMAUVE.

3E PARTIE
VIVRE ENSEMBLE

SI TU EMMÉNAGES DANS UNE NOUVELLE MAISON,
ELLE NE DOIT PAS ÊTRE HANTÉE.
LES FANTÔMES N'AIMENT PAS LA COMPÉTITION.

QUAND TU AURAS UN EMPLOI, TU DEVRAS TOUT DE MÊME RÉSERVER DU TEMPS À TON FANTÔME.

JE SUGGÈRE UNE JOURNÉE « EMMÈNE TON FANTÔME AU TRAVAIL ».

QUAND TU FONDERAS UNE FAMILLE, TON FANTÔME AIMERA AUSSI LES MINI-VERSIONS DE TOI-MÊME.

REMARQUE : LES FANTÔMES ADORENT JOUER À FAIRE COUCOU!

VIEILLIR

TU VIEILLIRAS, MAIS PAS TON FANTÔME. IL VOUDRA TOUJOURS RAMASSER DES FEUILLES, DES VERS ET DES NOIX.

SI TA VUE BAISSE, TON FANTÔME SERA LÀ
POUR TE FAIRE LA LECTURE.

ET MÊME SI TU NE TE SOUVIENS D'AUCUNE BLAGUE, TON FANTÔME S'EN SOUVIENDRA. IL SERA LÀ POUR TE FAIRE RIRE.

L'AVANTAGE DE TE LIER D'AMITIÉ AVEC UN FANTÔME, C'EST QU'IL SERA AUPRÈS DE TOI... POUR TOUJOURS!

COMME LE DIT LE DOCTEUR SPECTRAL :

« SI VOUS AVEZ LA CHANCE QU'UN FANTÔME VOUS DÉCOUVRE ET DEVIENNE VOTRE AMI, CETTE AMITIÉ SERA DURABLE ET SANS LIMITES. VOUS SEREZ AMIS JUSQU'À LA FIN... ET MÊME APRÈS. »

RIP
RIP
RIP
RIP

À MATTHEW PHELPS, MON INSPIRATION ET MON EXPERT EN CRÊPES.

À LA DOUCE MÉMOIRE DE LA PLUS GENTILLE ET EXCEPTIONNELLE DES FANTÔMES, MLLE EMOGENE NAGEL.

UN GRAND MERCI À TARA ET JESSICA QUI ONT CRU EN CE PETIT FANTÔME ET ONT TRAVAILLÉ SANS RELÂCHE POUR QUE CE LIVRE VOIE LE JOUR.

Catalogage avant publication de Bibliothèque et Archives Canada
Green, Rebecca, 1986-
[How to make friends with a ghost. Français]
Comment apprivoiser un fantôme / Rebecca Green ; texte français d'Isabelle Allard.
Traduction de: How to make friends with a ghost.
ISBN 978-1-4431-6437-5 (couverture souple)
I. Titre. II. Titre: How to make friends with a ghost. Français
PZ23.G835Co 2017 j813'.6 C2017-903325-5

Édition publiée par les Éditions Scholastic, 604, rue King Ouest, Toronto (Ontario) M5V 1E1 CANADA, avec la permission de Tundra Books.

5 4 3 2 1 Imprimé au Canada 119 17 18 19 20 21

Les illustrations de ce livre ont été créées avec de la gouache et du crayon de couleur, et ont été retouchées à l'ordinateur.

Conception graphique de Rebecca Green et Rachel Cooper